JN336200

フラット

そらしといろ

思潮社

フラット

そらしといろ

思潮社

フラット

そらしといろ

目次

1章 andante fantastico.

2章　agitato.

3章　spiritoso.

装幀＝著者

フラット

1章　andante fantastico.

凪――遠い岸の陽炎

友の夏帽が新らしい海に行かうか　尾崎放哉

まだ形がしっかりしている白い麦藁帽子が
友の膝の上で　木漏れ日の波に撫でられている
既にうっすらと日焼けした顔と
こっそり持ってきてくれたオレンジジュースの瓶が
快活な汗を流し　玉を結んで光っている

まだ冷たさを保ったオレンジジュースを一口飲み
友が山の下にある港町のあれこれ話すのを　聞く
この部屋にカレンダーはない
季節は山の様子で知って

月日《つきひ》は友の話からぼんやり思い描く
町は七夕祭《たなばたまつり》の準備で忙しいとか
イカがいっぱい干してあるとか
山道にオニユリが咲いているとか
今日も面会時間いっぱいまで話して
白い麦藁帽子をオレンジに染めて　帰ってゆく

まだ中身が半分残ったオレンジジュースの瓶に
自分の鼓動や脈拍よりも安定した息を
ふぅ　と吹きかける
ぼぉ　と船の笛を真似る
友は今日　潮《しお》の香《か》をまとっていた

瞼の裏に　新しい帽子の
七夕祭の　港町の
紺碧の海の　懐かしい残像

今年の夏の中に生きている自分は
来年の夏の中に生きているだろうか

真夏の真昼の波打ち際へ
船の笛を真似できるうちに
オレンジジュースが冷たいうちに
友の帽子が新しいうちに
いきたい　と願う

間もなくその日が来るだろう
昨日よりも静脈の青が濃くなって
肺の奥が時化《しけ》てきた
今夜は夕凪なのか　南風《はえ》も吹かない
嗚呼

標《しるべ》——雪降るままに頭を垂れる

追つかけて追ひ付いた風の中　尾崎放哉

呼吸をゆっくり繰り返すたびに
鼻孔が痺れ、眼の裏側に薄く氷が張る
角膜にひびが入らぬよう
瞬きをゆっくり繰り返すたびに
睫毛に積もる雪が重たくなって
身体の重心は雪に奪われ
自ずと前のめりになり
視線は足元に集中する

雪の一片は

吐息のまえに水となるが
髪の毛先は
透明な結晶で結ばれてゆき
黒い毛織りのコートは
白いまだら模様を描いて
吹雪く夜の中へ溶け込みかけるが
まだ　まだだ

祈りがたりなかったか
今更になって降り積もる雪が
否応なしに頭《こうべ》を垂れさせる
天を仰ぐなと
お前はまだ仰いではならないと
足元を見つめさせる
お前は、この座標に留まれと

項垂れる首筋に
雪が入り込んでシャツを濡らし
肌に凍み込んで
喉から胃へ落ちてゆくような
この一滴は恐らく
友と浜辺で過ごした昨年、いや一昨年の夏に飲み残したソォダ水だ
背筋が泡立って、泡立って
このまま弾けてしまえばいい
だが
まだ、まだだ
祈りがたりない
いのりがたりない
いのりがたりないいのりがたりない
いのりがたりないいのりがたりないいのりがたりない
いのりがたりないいのちがけずれるほどのいのりがたりない

吹雪に混ざって白くうねり吼える日本海
夏の日の浜辺から友と二人で今日というこの日を見過ごしてもいいだろうか
記憶の不法投棄と言われるかもしれないが
冬の日の浜辺は冷たくて暗くて虚しくて
頬べたばかりが熱くて痛いから万年雪で埋もれてしまえと
思うほど
今更になって降り積もる雪は
否応なしに頭を垂れさせる
ポケットの中でぎこちなく丸められた指先を口元へ運ばせる
指先に白い息を当てればほの赤く染まり
友にはもうないものを
自分はまだ持っているのだと
見せつける雪は
否応なしに頭を垂れさせ
たりなかった祈りを新しい祈りにかえて
捧げるために頭を垂れさせ

吹雪を受け止めて立ち尽くす松林も
黒々した枝に雪が積もり頭を垂れさせ
浜辺に不在の友へ祈りを捧げる

波はしぶきを高く上げて水分を宙に循環させる
循環の歯車に組み込まれてしまった友の座標は
今暫く、浜辺から遠ざかってゆくのだろう

いつかの入道雲が夕立となり山肌に染み込んで川へにじみ海と交わり
雨雲は季節の風に撫でられながら雪雲へ育ち
そうして
雪の一片が形成される循環の末端で自分は一片が積み重なった頭を垂れさせる
浜辺に膝立ちして頭を垂れて祈りを
いのちをけずるようにしていのりを

小半時間前に触れた友の手の温度と交わって
今はほの赤く染まるこの指先が、座標の交点
ソォダ水の一滴に泡立つ背筋は伸ばして
指先に残る友の手の温度を記録するために
浜辺の座標に留まり、頭を垂れて手を合わせ、祈りに向き合えと耳元で囁く
雪は
否応なしに頭を垂れさせ
頭を垂れさせ

いのちをけずるようにしていのりをささげ
一目盛りずつ友の座標へ近づいて、ゆこう

ガブリエルと、象徴としての缶詰

マーケットの中

缶詰の棚
とぷん
水の気配

ツナ缶

桃缶
少年缶
鮭缶

スープ缶

　缶詰工場の中
ベルトコンベア
ごぉんごとん、ひ、ごろんごと、ごぉんひひ、とり、ごと、ごろぉん、ごと、り

　工員の独り言
アルミニウムの側面が銀色く凍ってしまったので、
若葉のエネルギーを孕んだ緑色のペンキに（解凍と萌芽を祈りつつ）筆を浸しました
そして、緑滴る豊潤な筆を缶詰の円筒に沿って一周、また一周させます
と、
二本の線が缶を廻る、お馴染みのパッケージ
少年缶が、出来上がります

缶切りで蓋をコキコキと
開けて溢れる
少年の
少年たちの

都心から郊外へ進む電車内にて Ⅰ

扉の近くで、向かい合わせに立ったまま
数学の方程式を解いている二人の少年
少年たちの明るい額は、船ものんびり進む凪いだ海の面
窓から差し込む、午後三時くらいの一番柔らかな空色を映して、清明
〝これ、こんなにややこしい式だっけ〟
〝僕はもっと、シンプルになったよ〟
そう言って、額を寄せ合い、
片方は眉を下げて苦笑いし、
片方は可笑しそうに笑う
少年たちの、少年たちの

都心から郊外へ進む電車内にて Ⅱ

彼は、苔色の座席に飲み込まれかけている
白いまぶたを固く閉じて、苦しそうに眠っている
小さな身体を覆うべき毛布はなく
黒く重たいダッフルコートがのしかかり
紺青のフェルトマフラーに巻きつかれて
細い首は傾いたまま
賢い子というオブジェじみた頭は
無邪気さが黒い帽子で封印されてしまった
何か暗い魔法から逃れるように
数本の髪の毛が額から頬へ這ってきたが、力尽き、硬直が始まっている
短く切り揃えられた両手の爪は桜貝の色をして、清潔
澄んだシャボンの匂いがするだろう
シャボンの匂いをまとっているはずの両手で摑んでいる黒皮の鞄
既製品のキーホルダーが一つ、鞄の端っこで電車の鼓動に合わせて揺れているが

彼の個性とは、言い難い
下車駅が近づいたのか
まぶたをゆっくり持ち上げて
電光掲示板の中を流れてゆく
夕焼け色の灯りの粒を、一粒ずつ見つめ
灰色のチェックの半ズボンから発芽した両足を揺らす、その時
彼は少年として甦る
ぶらんこに乗って足を揺らすことも
ぶらんこがある公園とも
今よりも、もっと幼いころに卒業してしまった
少年の、少年の

　曇り空広がる人通り少ない住宅街の道路にて
少年は
閉じたままの黄色い雨傘を
真横にして両手でしっかり握って

サーカスの綱渡りを気取って
大げさにバランスを取って
歩道の縁石の上を、慎重に渡ってゆく
雨傘の一文字と垂直に交わった
確実に縦に伸びゆく黒いランドセルの後姿の
少年

こちらを、振り向いてしまった

ので
独り言はこの辺で、終わりにしましょうか
仕事がまだ、残っています

アルミニウムの側面が銀色く凍ってしまったので、
若葉のエネルギーを孕んだ緑色のペンキに（若芽の永久保存を祈りつつ）筆を浸しました
そして、緑滴る豊潤な筆を缶詰の円筒に沿って一周、また一周させます

と、
二本の線が缶を廻る、お馴染みのパッケージ
少年缶
あと七つ作れば、おしまいです

注文通りに一ダースと一缶、揃ったら
夜明け前に、あすこに見える、幌が青い大きなトラックへ積み込んで、静かに、そぉっと、
出荷させます

せっかくですから、あなたに一缶、差し上げましょう、どうぞ受け取ってください
未開封のままならば、
あなたが死んだあとも腐ることはありませんが、永遠に明けない夜が来るかもしれません
開封する時は、月が満ちる夜を選んで
缶切りで蓋をコキコキと
開けて溢れる
少年の

少年たちの
幾重にも重なった
ハレルヤの声
聞こえたら、清麗

正しい位置と関係からの連想による詩

静かに撥が置かれた畳　尾崎放哉

１モノ

扇風機はよく飼い慣らされた鳥です
籠の中で時々、キキッと鳴きます
私は鳥を良く手懐けているので
静かにジッとさせていることも
パタパタと羽ばたかせることも出来ます
私は気まぐれに
パタパタと羽ばたく鳥の入っている
鳥籠を

左右に揺らすこともあります
鳥は私に飼われている限り
空を知ることはありません
籠は時々掃除してやります
鳥は私の傍でジッとしています
部屋の窓という窓、扉という扉を
締め切って締め切って、掃除してやります
鳥はもう随分長生きしています
鳥は生き物なので、いつ死んでしまうか分かりません
餌を与えても元気がなくなってくる時が
いつか来るかもしれません
厳しい冬を乗り越えることが出来ない時が
いつかくるかもしれません
私は、その時のことをあまり
考えないようにしながら
鳥に餌を与え

パタパタと羽ばたかせたり
鳥籠を揺らしてみたりしながら
八月二十三日月曜日の昼下がり
キキッと鳴く鳥の傍で
本を読もうか、詩を書こうか
迷っているので、もしも鳥が
キキッと鳴いたら、詩を書こうと思います
私の飼っている鳥について……

2 ヒトとモノの連鎖的反応

母が、頭ぐらいの大きさの西瓜を
ザクッ
と真っ二つに包丁で切りました
何だか耳にこびりつく音です

母が、細い指のようにしなやかな長葱を

サクサクサクサク
と幾つもの輪っかに包丁で切りました
何だか耳にこびりつく音です

母が、辞書のように分厚い豚肉を
ムギュムギュギュ
と更に幾つかの豆本を作るように包丁で切りました
何だか耳にこびりつく音です

それは全て、家の台所で行われる
錬金術のショーです
母は何千何万回と
錬金術のショーを仕切っています
色々な大きさの包丁で
色々なモノを解体して
料理というモノに再構成するまでの

一連の流れの延長線上で
私は
料理というモノを食べることにより
私の身体の細胞の一つになり
それらが解体される時はつまり
私が死ぬ時であります

母は錬金術師です
命の連鎖をいとも簡単に操ります
切って切って命を切って
繋げて繋げて命を繋げて
料理は錬金術に通じる素晴らしい技術であることを、ここに証明します

御破算！願いましては

仕損じた一学期を計上しているにも関わらず
〝うたた寝の肘に染み入る赤インク〟
わら半紙に封じられた連なるT字勘定が
一斉に跳ね上がって瞼をつつく机上に広がる
『美しく白き涎』も逃げ水になって蒸発した

夏休みの友へ

（回線の）「情報処理室鍵閉まってた」（乱交）
ありがとうが上手く言えない時は

オルガンのふたを
分からないことが生まれた時は
百科事典のとびらを
開きなさい、忘れないで、
　　　　　　音楽室は四階
　　　　　図書室は離れの三階

何食わぬ顔で日傘を咲かす鉄の処女たちよ、
若葉をさらう突風に膜をめくられて骨折り損
舞い～降りて～くる～
……砂粒を【包む】＊西日＊の
瑞々しい鮮紅を擦った拇印で閉じる
貸借対照表のシンメトリカルな表情は冷静だ
「可哀想に、何某商店は建物を火災で焼失した
らしい「取引先が怪しいぜ「手形のやりとりが
いささかぞんざいだな「だろう

『夏休みの友』が作り出したまぼろし町を
解体してゆく掌と指を使ってまぼろし町は
はだかの更地に還る／製造ラインが停止する

存在意義を持ちあわせた数字たちの純潔を
犯しきれない童貞たちを優しく受け止める、
ティッシュペーパーは無言を語る父の背の様

夏休みだけの友だった君へ

電卓のキィすら叩くことを許されない指先は
街角でティッシュペーパーを配っている
しばらくいのちのぬくもりにふれていない
たいして重みも無い無言が飛び交うここが、
ここは、まぼろし町に似ている
解体が出来そうな予感、試しに火をつける

仕損じたうたた寝
美しい処女まぼろし町
濡れ衣の童貞

忘れないで、
音楽室は四階／骨が足りないオルガンの死体
図書室は、離れの三階／身元不明の百科事典

えぐれた胸からしたたる光を浴びた日のこと

高浪打ちかへす砂浜に一人を投げ出す　尾崎放哉

海を閉じてまわるものが居る
健やかな青を眠らせるために浜で線香を焚く
立ちのぼるひとすじの煙で
やんわり青の首を絞め沖の波間へ沈めゆく
沈めたところから紺を抱き上げて煙をはらう
紺は薄く眼を開き、ざぶざぶ陸《おか》の辺りを這う
乾いた墓石の群れは切り立つ崖にへばりつき
海の色合いと影の伸び具合が変わったのを
彼岸花で知らせる、あれは血や涙の狼煙《のろし》で
くちなしたちの活字として浮き上がる

海を閉じてまわるものは結んだ煙の端を握り
浜辺の砂にまぎれる、砂の下の冷たいところ
（嗚呼すっかり冷たくて暗い、爪が凍る

衣替えの時期は順繰りに遅れている
夏の制服を着た少年の襟の塩加減／いい塩梅
彼岸の中日、墓石は湯気を吐いて水を求めた
少年は手桶の井戸水をそろそろかけ流し
一束百円の線香を焚いて寝かしておく
——日焼けした手の爪は桜色に潤っていた
少年の目頭から立ちのぼるひとすじの陽炎が
ここから秋ですよ、と太陽を二分した
半袖のシャツの肩口で上質の藻塩が生成され
きららをこぼす墓石の棋羅《きら》の隙間、きらら
とびの声が崖を輪で縛るように舞い降りた
その輪を少年は自転車ですり抜けて坂道を

全速力で駆け下りる、前へ吐いた息を浴びる
秋風に押されたシャツの下で冷える汗の玉、
――海を閉じてまわるものの耳殻《じかく》で裂かれた
えぐれた胸からしたたる光を浴びた日のこと

2章　agitato.

大学四年生

すばらしい乳房だ蚊が居る　尾崎放哉

昨夜、母が私の茶碗を欠いたので
今朝、その代用品として宛がわれたのは
来客用の、薄い肌の白い茶碗だ

窓の外は、たっぷりとした雨雲がじっと黙ったまんまの、六月

居間に用意された、私の分の朝食はいつも広告がかぶさっている
この家で一番遅い朝食をとる
私はいつも一人で朝食をとる
木の椀に温めなおした味噌汁をよそう

白い茶碗に保温された白い飯をよそう
両手に一個ずつ器を持って、六人掛けのダイニング・テーブルの
（四角いテーブルの、向かい合う二辺に三つずつ並んだ椅子の）
片方の真ん中に、着席する
テーブルに窓の虚像が映っているのを見て、
部屋の電気を付け忘れているのに気付いたが、
私一人きりなので消したままにしておこう

広告の下に隠れていたおかずは、
ウィンナーを焼いたやつ（冷えている）
小松菜と油揚げの煮浸し（冷えている）
甘くない玉子焼き三切れ（冷えている）
電気の付いてない今朝の居間にあるそれらはとても
寂れた食堂の食品サンプルのように頑なだったので
全ての皿を、冷蔵庫へしまい込む（用意してくれる母には、申し訳ない）
とりあえず、こげ茶の箸を持って

私はいつもどおりに、味噌汁から口を付ける（妙に泥臭い、しじみ）
そして、あまり触ったことがない、
白い茶碗を左手に持つ

（　、　どきり）

白いままの薄い肌から伝わる
白い飯の温もり、重さ
左手にちょうど良く収まる大きさ、丸み

（　、　どきり、どきり）

衝動、的　に、

行儀が悪いと怒られるのは承知の上で、
茶碗の縁に口を付けたくなったので、

冷蔵庫から白い殻の玉子を出して、
それでも白い殻は慎重に割って、
白い飯の上に生卵をのっけて、
右手に持った箸でそぉっと、
黄身の膜を突き破ったら、

衝動、的　に、

まぜるまぜるまぜるまぜるしろみもきみもま
ぜるまぜるまぜるほんのすこしかなしいかん
じがしたのでなみだもまぜるまぜるまぜるま
ぜるぐるんぐるんはしがまわるまぜるまぜる
まぜるまぜるただただみぎてのえんしんりょ
くのままにまぜるまぜるまぜるおしょうゆを
ひとまわりまぜるまぜるまぜるまぜるまぜる

はい、たまごかけご飯

これで、やっと、口付け、られる
白い茶碗の、縁にやっと、
口付けられる

少しだけ冷めた茶碗の温度が左手に伝わる
（、どきり、どきり、どきり、）
白一色だった茶碗に生卵の黄色が、滑稽だ
（、どきり、どきり、どきり、どきり、）

いよいよ、
白い薄い肌の丸みを帯びた茶碗の縁に口付け、
くちづけ、て　しまう

あ、
思いのほか、唇に馴染む釉薬の具合に引きずられて、無心
あとはもう、たまごかけご飯をごくごく、ごくごく、飲み込んでしまった

（妙に泥臭い、しじみの味噌汁が冷えている）

中身は空っぽになった、黄色っぽい白い茶碗にもう一度だけ、口付ける（冷えている）
それはもう、
ただの、来客用の、薄い肌の白い茶碗だ

（素晴らしい夢が覚めてしまったあと、
寝起きの布団に染み込んだ体温が蒸発して、冷えた
一組の布団に戻る瞬間、現の朝を感じたのに、
朝食の最中も私は、まだ現にいなかったのだろうか、でも腹は満たされている、黄色い
たまごかけご飯は私の胃袋で黄色い胃液とまざって、まざって、て、て、
）

しじみの味噌汁を流しにたらたら捨てつつ、白い茶碗の黄色い汚れを洗剤で落としつつ、
夢を、下水として処理した気分を、味わう

　居間の時計が、午前九時少し過ぎをさした
大学へ行かなければ、大学へ
洗った茶碗を急いで布巾で拭いて食器棚へ伏せて最後に放した右手の人差し指に残った
感触は、

　大学へ行かなければ、大学へ、
貴女のいる女子大学へ行かなければ、女子大学へ、
少し空ろ気味な私の精神を、葉脈の標本にしないために、
貴女のいる女子大学へ行かなければ、女子大学へ行かなければ、行かなければ私は、

今一度、先ほどの温もりと感触を、唇で思い出しながら、歯を磨いている
洗面所の鏡に映った私は、
鏡の外側で、薄荷の冷たさを肺いっぱいに取り込んで、
肺胞の一つ一つに満たして、擬似的な冬の朝の空気を、毎日感じている
既に得た知識を、一生懸命繋ぎ合わせることによって、私は、
(知らないことを知りたい、しりたい、知的欲求をみたしたい、貴女の、あなたのむねに
くちづけて、しらないかんしょくを、しりたいのだ)

だから私は行かなければ、
大学へ行かなければ、大学へ
貴女のいる女子大学へ行かなければ、女子大学へ

今日は水曜日だから、ノートもファイルも一冊ずつでこと足りる
とっても軽い茶色のリュックを背負って、二年くらい洗っていない白いスニーカーを
履きながら、玄関の外で梅雨が始まってしまった気配を、
私は、一人で感じている

（私は貴女から、夏が好きだというあなたらしい、藪蚊がすりよってくるほどの、白く燃え立つかげろうのような気を、こっそり、やぶかのようにもらって、もらって、て、て、）

大学へ行かなければ、貴女のいる女子大学へ、

大学を卒業するまであと、にひゃくきゅうじゅうさんにち、きょうは、ろくがつみっか

私は、大学四年生

ひとしずくの、うみ

海は男だろうか、女だろうか

天は男だという
地は女だという
天が地を孕ませるのだという
地は天から降ってきた種を育て
産むという　神話

を語る先生が、
白板に書くアルコール性インクの文字は、

片っ端から酔いを醒ましてしまい、干からび、
剝離して、床に散らばる
（いにしえの神話故に、）
化石じみた物語の上に時代が地層を築き、
一番新しい層の表面を、
わたし達は踏み荒らしているらしい
（この世の終わりには、摂理の逆転が生じるという伝説）

海は男だろうか、女だろうか

天と地の間を浮かぶ海は
天へしぶきを上げたり
地を波でえぐってみたり
しかし、どっちつかずのまま
今日も浜辺をさ迷う男或いは女をさらい、試しているのだ

女を抱いてみたり
男を抱いてみたり

わたし、なんで、おんな、なんだろう
あのこ、なんで、おとこ、じゃないんだろう
わたし、なんで、おとこ、じゃないんだろう
あのこ、なんで、おんな、なんだろう

波が人を巻き込むように、
あのこを両腕で包もうとするけれど、
人が波から逃れるべくもがくように、
あのこはわたしの両腕をすり抜けて、
あのことわたしの間には、
湿気を含んだ浜辺が延々と続く
（湿気の成分はほとんど、わたしから分泌された、海水的なものだけれど）
浜に打ち上げられた、

細かな貝殻は、消化しきれなかった手足の爪だったり、
黒く縮れた海藻は、飲み込めなかった髪の毛だったり、
無秩序に配置された、それらを境界線にして、
あのこ
　　　と
　　　　私は、
　　　　　　　隔てられている

（あのこが顔をしかめている、風向きが変わり、腐臭が陸へ、陸へ、のぼっているらしい）

磁石のＳとＳが永遠に寄り添わないこの悲劇を覆してやりたいと思いながら
あのこと二人で築いた砂城を波で壊すのを躊躇っている
わたしはやっぱりおんなにもおとこにもなれないまんま、
なみうちぎわできょうも、あのこのせなかをみつめるしかできない

こいしいきもちを、たにんにいだいたときに、
おたがい、ちょうどよくおさまるかたちに、へんかすればよいのだけれど、
かみさまはせっかちで、いじがわるい

三月十五日月曜日
真夜中午前三時四十二分の千葉県は南房総の、黒く湿っぽい浜辺を
あのこと一緒に散歩した
天地の間を白波が全速力で走ってゆく
(暗闇で二つの波がぶつかりあう衝撃が、生々しい音波となって鼓膜をなぶり、
衝撃波となって肌を揺さぶる)

あのこはわたしの三歩先を歩いて、
海に意味もない声を撒き散らかすので、
わたしは思わず、
その声に、わたしの声を重ねてしまった
(一瞬、海中に舞い上がる砂が巻き起こす、

化学変化のない融合、束の間の革命、上辺だけのハーモニー）
（ほんとうは、きみのなまえをさけびたいのだけど）
（それは、ごはっとだから、なまえをかこう、あえて、ひらがなで）
（ひらがなのまるみに、きみのすがたをあてはめるんだ）
（　、）
（　、

きみのなまえを、浜にかいて、知る、

虚無）

二人の残響に、白波の走る音で上書きを施し

あとに何にも残らぬよう努めて、あのこの背中を見つめる
これが、限界だった

海は今日も貪欲に
浜辺で男或いは女を手招きし、さらって、試しているのだ
（子宮からはみ出るほど成長した胎児、何でも抱擁できる巨大な身体、）

だけどあのおおらかな白波が
本当に求めているものは抱きしめる体温ではなく、抱きしめられる体温だということを、
知っているのは、
（わたし、だけ……）

あい
と、ひらがなでかいてみる
ひらがなのまるみに、あいのかたちをあてはめるんだ
まるく、まるくふくらんで、

げんかいまで、ふくらんで、
まるみをたもてなくなったとき、
しずくのかたちに、へんかして、
うみの、
ひとしずくに、かえるのだと、おもう

夢のせいぶんは、ゆぅぱん0.5mg

ここから浪音きこえぬほどの海の青さの　尾崎放哉

さらさらさら
ようなしを、むく
ならべてゆき、果肉
らんぷに、てらされて

だいだいいろの
いくら、ひとつぶ
すきとほる、生命《いのち》
きらきら、あかるくて

みみがいたい、ちかすぎる、ふたつの鼓動
ん、とぬけてしまう、ちから
なんびゃくなんぜんなんまんねんまえの
いとなみのぎしきは
いともみえないまよなかにおこなうと
こんなみらいまで継承されてるみたい

あなたの膝枕で、くろにくるを、みました。

なにとなく、貴女のきている、わんぴぃすを、
たくしあげて、
はなもようの下着の上にある
いのちが貴女の母様と繋がっていた、史跡に、
きすをした

（てづくりのさんどいっちは消化されたかな）

（ほんとは、いのち、宿していたかもね）

しょっぱい、なみだ、夕暮れてゆき、

いきものの、雌々は、せつなかった

学食のメニューに［私＝ナポリタン］を加えたいのです

救いを求める手を握るふりして、
はらいのけ、
営業時間は終わりですよと、
悠々、
就職課の窓口をしめつつ、
ブラインドの隙間から、声高に叫ぶ

ゲンジツヲミナサイ
キビシイゲンジツヲミナサイ

あぁ、助けてくださぃ助けてくださぃ私たち仕事がないんじゃもうただ死ぬのを待つしかないんです助けてくださいオーモリさん、話だけでも聞いてください！！！！！

……今日はご機嫌麗しゅうて、お話聞いていただけるんですか、
いや、実にありがたいです

私たちの身体は食品サンプルみたく細胞同士がくっついているからニンゲンの形してますが
別に私はもうニンゲンとして働こうなんて思ってないです
畜産物になりたいです
海産物にはなれません
農産物にもなれません
畜産物なら、哺乳類です

クジラもイルカも哺乳類でした、
あれは海産物ですか

生き物は、健気です
栄養を調節されたカラダと純粋なタマシヒを惜しみなく私たちに捧げてくれます
私もカラダとタマシヒ捧げたいです
最初は業界ならメーカーに、
職種なら事務職に、
カラダとタマシヒ捧げたいので就活しました
大抵、二次面接くらいで落ちます
だからもう、ニンゲンとして働こうなんて思ってないです

捨身飼虎的な、

で、思いついたんです。

何か、血管てナポリタンに似てませんか、
こう、私右利きなんで、ナポリタンは左腕から作るんですけど、

ちょっと、オーモリさん奥に行かないでください

私はひどくゲンジツ的な話をしてるんですよ
オーモリさんに、ゲンジツを見て欲しいんですよ

（ほんとはオーモリさんのぶよぶよな二の腕なんかつかみたくない、）

いいですか、
まず、剃刀で左腕を何ヵ所か切り裂くんですよ
そしたら、腕の切れ目にフォークをさしこんで、
くるくるって、巻いていくんです、サイゼリヤでスパゲティ食べるみたいに

ほら、

血管ナポリタン！
私の身体、ナポリタンになるんですよ！
このナポリタン、誰かが食べればその人の糧になるじゃないですか
立派な社会貢献ですよね、カラダとタマシヒ捧げることができます

出来立ての血管ナポリタン、珍しいから一口どうぞ
（と、オーモリさんの口にねじこんだ
ら、吐き出しやがった、床に散らばる血管ナポリタン、三秒ルールで私が拾って食べて、
循環）

あぁ、血管ナポリタンになっても私、役に立ちませんか

飽食の時代、外食産業は景気良いらしいですが

救急車呼んでくれるんですか
是非に腕の良い整形外科を紹介してください

私を精肉にしてください
私を挽き肉にしてください
私をソーセージにしてください
私をナポリタンにしてください
そしたらオーモリさん、
きっとナポリタン食べます
出来立ての、湯気が立つ真っ赤なナポリタン食べます

みんな、こんな風に、生きてるんですよ

オーモリさんは働いています
就職課の窓口に救いを求めてきた学生を励ましたつもりになっています
良い仕事をしたと思って良い気分で、きっとランチタイムにナポリタン食べます
私はナポリタンのソーセージの挽き肉になってあなたの細胞の一部に栄養を送ります
いかがですか、素敵な仕事だと思いませんか、ソーセージって、ナポリタンって

みんな、こんな風に、生きてるんですよ

認めないんですか、
じゃあ救急車なんか呼ばないでください、うるさいだけですから
私は一人で静かにランチします、血管ナポリタン、一人で全部食べちゃいます、から、
(今更物欲しげな顔したって知らねぇよ、

動脈、いい感じに、アルデンテ)

ごちそうさまでした、さようなら

おしまい

ひらがなじごくにおちるとき

うつろの心に眼が二つあいてゐる　尾崎放哉

あばらぼねというろうごくのなかで
いけどりにされたままの、しんぞうが
すけてみえるほど、わたしは、もうほとんどはいでしまったよ、むねのにく、
ことばにかえるために、

あなたのむねのうちからわきあがったことば、
くちのはしからぼろぼろとおちるのを
わたしは、とりあえずからっぽのりょうてで
うけとめて、
あなたのことばを、ちょっとずつたべている

おいしいの、まずいの、いろいろ、あじわう

つねひごろ、わたしはあなたとことばの
まじわりをもたせている
まじわったことばからうまれるかんじょう、
あばらぼねというろうごくのなかで
いけどりにされたままの、しんぞうを
いかすためのえさになり、しなせない

あなたとことばのまじわりをもつかぎり
わたしはしねないらしいぞ、なんてこった

さんがつ、そつぎょうしき、ひらかれますね
わたしはなにからそつぎょうするのでしょう
あなたはなにからそつぎょうしましたか
そつぎょうしき、はなばなしい、じごくのさいてん

いろとりどりのはかま、きつけたじょがくせいたちがいっせいにたたされる、
じごくのふちに、しらぬまに、ふみだしたあし、あしのかず、
かぞえきれないほどのじんせい、じごくのふちをしらぬまに、あるかされる
それが、そつぎょうしきというなの、じごくのさいてん

あなたのむねのうちからわきあがったことば、
くちのはしからぼろぼろとおちるのを
わたしは、とりあえずからっぽのりょうてで
うけとめて
たべきれなかったあなたのことばを、
かんそうさせて、
ちょっとずつたくわえながら、
あばらぼねというろうごくのなかで
いけどりにされたままの、しんぞうを
いかしつづけるのだろう、
きょう、そつぎょうしきだから、

あなたとまじわりをもたせるさいごのことば、
くんせいのようにじゅくせいさせて、
ひらがなじごくにおちるとき、
じっくりかみしめるの

きょう、そつぎょうしきというなの、じごくのさいてん、ひらかれますね
じごくのふちにたたされたあなたもわたしもじょがくせいのかわをぬがされて、
いろとりどりのはかま、じごくにおちてゆき、
じょがくせいからただのおんなになったおんなたちのしろいあし、あしのかず、
かぞえきれないほどのじんせいを、あるく、あし
となりにはつねに、
ひらがなじごくがあるから、
あなた、なにからそつぎょうしてしまったかわたしはしらないけれど、
つぎにあうときは、
ひらがなじごくのそこでしょう

さようなら

の、ごもじがとけてにえくりかえる、ひらがなじごくのそこにて

わたし、ひとあしさきに、ひらがなじごくのそこであなたをまっているとおもうの
ひらがなじごくのふちをきようにあるく
あなたのむねのうちからわきあがったことば、
くちのはしからぼろぼろとおちるのを、
ひらがなじごくのそこで、わたし、ぜんしんにあびて、まちわびているの

ことばがとけあうひらがなじごくで
あなたのことばととけあうしゅんかんを、
いや、むしろ、あなたそのものと、とけあうしゅんかんを、

ひらがなじごく、かんたんふ、
あぁ、あぁ、と、ちをはくようなおんなたちのこえ、あなたにはまだ、きこえていないね

（わたしはすでに、そのかんたんふ、）

夜風を剝がしていいですか

腹の中を循環する夜風。
吐き出して見上げる星の、埋み火で仄明るい
十一月の夜空。
校舎は教室の灯りが消えるたび立体感を失い
のっぺりと、学校という額縁に収められた。
額縁の中の校舎は不景気、薄墨だけを重ねた
巨大な木版画だから、薄いのに浮かび上がる。
版木を踏んで歩く学生。
紫陽花の茂みから広がる外灯の薄い皮膜は、
木版画を包みたかったが、夜行性の昆虫達に

破られ、いたずらに裂け目から光を吸われた。
　てのひらから放られた目玉が見たもの

墨色の染井吉野にぶら下がる
　　　　　首吊りの影の項の白い

「あれは必要だったから彫って刷った。」
鯨幕の奥で早速お戯れの薄墨と抹香
首吊りの下で散らかった万札が横滑り
すぅっと舞い上がれば項の白が硬く凍りつく
(この死に損ない、襟巻きの使い方がちがう)

染井吉野と首吊りを揺らす木枯らし
襟巻きをほどく指先のささくれに回収される
たましいのしっぽが胸へおちてゆく

白をあたためる、柔らかくなる、
少し伸びた首を木版画の外へ連れ出す、夜風、
豚舎のすえたにおいでいっぱいの寒い外へ、
そうしてまた冷たくなる首に正しく襟巻きを

(巻いてやらない

項をさするささくれた指先が吸い上げる体温
染井吉野の群れから離れたところで
細い枝先が淡淡している、
　　　　　　　　　冬桜の、
／淡淡した白のあたたかく柔らかい小さな花。
質感、仄明るい項をさするぎこちない指先は
それでも冬桜のほわほわに似ている／

と気付いてくれなくても、

この指はその首のあたたかいのを感じると
今は少し、嬉しいのだよ）

3章 spiritoso.

眼鏡と黒板

≫　　v　　θ θ
室 直 を　　s
理 速 度　　o
物 加 速速 題／c s
≪ 等 初加 例教 V V

深い緑色の中にひそむ白や赤のチョークの影
実験台の上で台車は動かない／変位をしない
消しゴムのカスと生徒達が脱いだ一枚の皮を
箒で掃き取りちりとりからごみ箱へ降らせる

男子生徒の身体は何本かの曲線で出来ている
／弦の波長は震える音叉を噛んで求めよ
物理室から去るワイシャツの後ろ身頃に青空
雲は上空で加速した
／あらゆる影が変位をする（台車は動かない

ラジカセの中で英会話の例文を読み上げる人
聞き飽きた生徒達は自分勝手に脱皮をはじめ
背骨の軋む音も四十人分集まれば騒音になり
「be quiet!
——感情をこめてヒステリックに——
ビーッ！　クワィッ！　エット！」
英語教師のヒステリックは止まらない
口癖のビークワィエットの方がよほど騒音で
四十人の十七歳が発する全ての音を抹殺する
（黒板が削る時間とチョークと十六夜の月

「俺マックのチーフになるかもしんない」
要領の良い高橋君はマックの社畜を回避した
「デザイン系の専門学校に行きたいなぁ」
眼鏡を外した静香ちゃんは工場に監禁された

落ち着きがない教室に収納できない
不安は廊下のロッカーにぶつけられ
不満はあらゆるボールにこめられた
(大きく開かれた窓と襟と瞳とお喋りな口
学校は疑いもなく明るい未来で満腹だった
(チョークは都合よく召喚される神様

「be quiet!
——感情をこめてヒステリックに——
ビーッ！　クワィッ！　エット！」

壊れた体育館にあった若い命の泉は絶えた
／どこからともなく伸び上がる腕の瞬発力
校舎の壁に走った亀裂へと囁きかける
（七年前の眼鏡で見つめていた黒板には
　明日の神話が次々と書き換えられていた
　　静けさは怒りの信号に置き換えられ
　　　自分か誰かのものか知れない罵声が
　　　　うるさいのだ、とても、
　　　　　静けさを破いて出てきた
　　　　　　怒りは自分の声の上で暴走し
　　　　　　　いつのまにか、気がふれて

／無音という音波の波動
／間違った方向へ変位をする力
物理室の掃除当番は遮光カーテンを引いた

とりかごのはなし

あなたののどにわたしのみみをはりつけた
さえずりをきくには
むねではなくのどにみみをはりつけなくては

ひるるるるるる、ひるるるるるる

はいのおくにとうめいないずみがわいて
あなたのむねにやどったことりは
ことりはのどにみずを
いずみのみずをためこんで

さえずっていますね

ひるるるるる、ひるるるるるる

いいなぁ、あなた、むねにことりをかえるなんて
わたしのからだはからっぽ、なにもいない
ことり、ずいぶんむかしに
にがしちゃったんだよね、あれいらい
わたしのからだはからっぽ、なにもいない

だから、あなたのむねにやどったことりを
かんさつしているの
あなたののどにわたしのみみをはりつけて
ことりがいずみのみずをのんで
さえずっているのを、わたしはみみで
かんさつしているの

あなたのむね、やわらかでひろいから
もういちわくらい、ことり、いたら
にぎやかでいいね
さえずりがあなたののどから
わきあがってくるの

ひるるるるるる、ひるるるるるる
ひるるるるるる、ひるるるるるる

やっぱり、こうしようか
あなたのむねにもういちわ
ことりがやどったら
あなたとふかいくちづけをかわして
わたしのちいさなむねに
いちわ

ことりをやどしてもらうの
あなたにもきいてもらいたくて
ことりの、さえずり
どうぞ、わたしののどにあなたのみみを
はりつけて、かんさつしてみて
わたしのむねのなか、はいのおくで
ことりはどのようなこえで
さえずっているのか
きいてもらいたくて、あなたにも

みっちゃくしているふたつのからだ
わたしのからっぽのからだ、
むねのなか、はいのおくに
いずみをもたらすには
あなたのだえきをよびみずにしなくては
だから、

びちゃびちゃとしたくちづけを、
ください、ください、ください

あなたのだえきをよびみずに
わたしのむねのなか、はいのおくに
いずみがわいたら
あなたのやわらかでひろいむねを
ふわっとおしながら
もういちどふかくくちづけをかわして
ことりを、
わたしのむねのなか、はいのおくに
おくりこんでください

そして、かんさつしてほしいのです
あなたに、
わたしのむねのなか、はいのおくのことりの

さえずりを、
わたしののどにあなたのみみをはりつけて

脱獄のカナリア

昼寝から目覚めた足首が
かつて有刺であった鉄条に縛られて
起きようと膝を立てると
伸び盛りの有刺は足首に噛み付いて
制限される動きのひとつ
／死んだと思っていた、喉が渇いているから

窓から忍び込んだ西日は
有刺に突き破られた傷口からのみ声を出す
「お前は死んでいるから

うつ伏せに寝ていた腕に腕の感覚が抜け落ち
感覚は楽譜を組み敷いて
「不協和音に嫉妬をする協和音みたいな顔だ

／嫉妬も欲情もしない、これはバッハだから

片想いを乗せた右手と左手が鍵盤で躓《つまず》くのは
真正面から抱き合って不協和音に成るためだ
／ある昼間の breath. に収斂された父の語り
「お前はバッハにはなれない
／マリア、ガリラヤ、アリア、

喪失を主食にしている
楽譜に散らばる少ない休符を舌で舐め取って
黒い音符を唇にはさみ
少年の喉へ黒い音符のような精子を流し込む

昼寝の間に向かいの窓の足首が逃げたらしい
その窓枠に絡む鉄条は碧く有刺は赤く枯れて
開け放たれた窓の外へ舞い踊る楽譜はソナタ
／秩序のない不協和音を産むなんて、痴れ者

有刺鉄条に足首を縛られたまま肘で窓を破る
千切れた足首が描く直線を背面で飛び越える

「お前、それは滑空ではない、滑降だ

ふっとの

風音と風紀委員長の規則正しい足音が
がらんとした静かな放課後の
渡り廊下に反響し、開いた窓へ通り抜け
るいか記録が更新され、呉藍の校庭からは
野球部の監督が垂直ノックする音の高い残響

（風が渡る野）

風変わりな国語教師がふいに言い出す
渡り廊下を駆け抜けてみましょう、そして

野風と一体化してごらん、と。
とまどう生徒もいれば、嬉しそうな生徒も
いるのは、事実。
うっそうと繁る叢を知らない生徒達へ、
地元がかつて風が渡る野であったことを
名が持つ景色を眼裏に描かせる為に。

（風渡野という地名）

字数に制限をつけない、感想文を書こうか。
面白く、なんて格好つけないで、自由に、
できれば感じたままのことを言葉に変えて。
読みたいなぁ、先生はそういう感想文を。
めがねの度がキツく細面な先生の顔は
ずいぶん昔の文豪を連想させるからか、
とても風変わりなモノの捉え方は、生徒達をもうすぐ野風に変えてしまう、渡り廊下で。

(字面で読めずとも)

眼をつぶって静かな放課後の渡り廊下に
のはら、を出現させようとする生徒の耳に
裏拍が強い吹奏楽部のパーカッションが
にほん、という風土に邪魔をする
景色、見たことのない
色、叢の色、匂い、ざわめき
がらんとした放課後の静かな渡り廊下に
浮かぶ、はぐれ雲が通過してゆく、
かぜ、風が、風の姿が眼裏に見える!
べんがらに染まる野原の草の揺れる様、
ばら、野茨がべんがらの光に染まり、
よろめきながらも、我先にと生徒達が

いっせいに渡り廊下を駆け抜け野風になる！

（眼の裏に景色が浮かべばよい）

風音と風紀委員長の規則正しい足音が
がらんとした静かな放課後の
渡り廊下に反響し、開いた窓へ通り抜け
るいか記録が更新され、呉藍の校庭からは
野球部の監督が垂直ノックする音の高い残響

（風が渡る野）

今、生徒達は野風になってしまった
はつらつとした熱源を動力にして透明に
面も胴も腕も脚も消えてしまった
影すら残さず、生徒達は野風になって

失われたはずの野原を駆け抜ける
いちじんの、野風に生まれ変わった！
しみじみと国語教師は累加記録に記す。

（今は面影失いし）

風になり、皆が初めて一つになりました。
渡り廊下を駆け抜けて行く後ろ姿が段々と
野風に溶けていきました。

（風渡野《ふっとの》）

フラット

【キリストは墓からよみがえっ

ブリキの看板ねじれて　いや　ねじられて
つぎはぎブロック塀に風穴あけてしまった鎖
プロパンガスを路上で緊縛　いや　束縛する

鎖のてらてらして　よだれ垂らして

機械油が浮かぶ水たまりに映る空は虹色だけ
旋盤の音も久しく聞こえず咲けない火花の錆

クロネコヤマトが煙草をふかし鳴らすラジオ
渡り方が分からない移植された道であるから
どれをとっても不穏で不吉で予兆で明日だよ

　切られるのに慣れ生えるのも容易い無花果

事件現場を覆うブルーシート　すら　ない
上半身を失った無花果の
木の枝の先の果実のエメラルドのドロップの
裸のままのうぶ毛の
一本もない片耳のピアスホールの有限の穴の
中は風通し良く　チェーン　ドロップ舐めて
　　　　　　　　　　　　　　　はにかんでいる
毛布は痕跡を残さないからシーツを保存する
よじれた形のまま残る体温を計って保温する
パネルに収めて　ぬるめの風呂をわかして

拾い集める脱ぎっぱなしの靴下裏返っている
裏切られ　はげかけ　鼻水は風呂に溶かせよ

Fでつまずいて　B♭から始める

指の長さの問題、ではなく根気の強さの問題
フレットに囚われないフレットレス、
フレットは箱庭療法6弦の6EをDへ下げる
フレットレス、敏感な耳を痛めつけている
眉間の4本のしわ、伸ばしてあげて、A音で

ショートカットキー・コントロール＋S
たたく左手の小指中指　薬指でくすんでいる
シルバーリング。
輪は無限大に広がり　つなぎ
ちぎれて　天体へ還って

／きてくれたら
よみがえっても　いいかもしれない
もう一度だけ　一℃だけ
／さわれなくても
吹き抜ける風の色香をさぐるため
フラットな道に立っている裸足

フラット

著　者　そらしといろ
発行者　小田久郎
発行所　株式会社思潮社
発行所　〒一六二―〇八四二　東京都新宿区市谷砂土原町三―十五
電話〇三―三二六七―八一五三（営業）・八一四一（編集）
ＦＡＸ〇三―三二六七―八一四二
印刷所　三報社印刷株式会社
発行日　二〇一三年七月八日

そらしといろの世界

野村喜和夫

都内某女子大。私はそこで日本語作詩法なる文芸創作の科目をもっていたが、いまどき真剣に詩に取り組もうなどという学生はいないだろうと高をくくって、その日も、大半はポップスの歌詞を引き写したような学生の作品を斜め読みしながら、あたりさわりのないコメントを流していた。ところがそのなかに、あろうことか、尾崎放哉の句をエピグラフに立てた不思議な雰囲気の詩が、本格の詩が、まぎれこんでいたのである。虚をつかれたように私は、教壇に立ったまま、一字一句指でなぞるようにその詩を読み始めた……

*

それがそらしといろという特異な才能との出会いだった。その詩「凪――遠い岸の陽炎」は、この詩集『フラット』においても冒頭に置かれている。ということは、私のみならず作者にとってもまた、よほど愛着のある作品なのだろう。

いまあらためて読み直してみても、新鮮な驚きがある。ありがちな現代詩的コードにも染まっていないし、それよりなにより、濃厚な物語的雰囲気のなかで、しかしいったい誰が書いているのか、あるいはどこから言葉は出ているのか、そのあたりがなんとも捉えがたいのだ。「友」という言い方だけがきわだっていて、またそのまわりの、換喩的に配された事物の喚起が鮮やかで、そのぶん詩の主体は、性別も年齢も明かされることのないまま、テクストの背後に秘匿されてしまっているかのようなのである。だが、それがそらしといろの出発点だ。

これはたとえば、同世代と思われる文月悠光の、世界へと剝き出されたあの「適切ならざる私」とはまたちがった主体の姿であるといえよう。この詩集へと詩の主体を決定づけているのは、もはや、あらかじめの性でもない、世界とのアンバランスでもない、時代の空気でもない。そうではなく、もっとひそやかな、もっと底深い情動につき動かされたいきなりの他者への呼びかけ、他者の希求なのである。「凪」のつぎに置かれた「標《しるべ》――雪降るままに頭を垂れる」には、こう書かれている――「いのちをけずるようにしていのりをささげ／一目盛りずつ友の座標へ近づいて、ゆこう」。「ガブリエルと、象徴としての缶詰」では、「少年缶」という奇想がその座標と交錯したりもする。

ふつうの意味での「私」があらわれるのはそのずっとさき、第2章、「大学四年生」のあたりからだ。母との関係から浮かび上がる「私」は、その関係を相対化するように、母が用意してくれた朝食を拒み、自分で「たまごかけご飯」を作って食べるのだが、食行為はじかに官能を呼び覚まし、それが向かうべき他者も、いまやはっきり「貴女」と、つまり「私」と同性の者として呼びならわされる。「（私は貴女から、夏が好きだというあなたらしい、藪蚊がすりよってくるほどの、白く燃え立つかげろうのような気を、こっそり、やぶかのようにもらって、もらって、て、て、）／／大学へ行かなければ、貴女のいる女子大学へ、」。

「海は男だろうか、女だろうか」と始まる「ひとしずくの、うみ」は、そうしたあいまいなジェンダーの上にたゆたうかのような主体を、そのままにリアルに、同時にまた切ないほど抒情性ゆたかに定位せしめた秀作である。「あい／と、ひらがなでかいてみる／ひらがなのまるみに、あいのかたちをあてはめるんだ／まるく、まるくふくらんで、／げんかいまで、ふくらんで、／まるみをたもてなくなったとき、／しずくのかたちに、へんかして、／うみの、／ひとしずくに、かえるのだと、おもう」――ひらがなにみちたこれらのページは、つぎの「夢のせいぶんは、ゆぅぱん0.5mg」とともに、日本現代詩において、性を越えた性が表現を得たたぐいまれな瞬間であるともいえよう。

だが、そらしといろ的主体はさらに「フラット」し、拡張される。読者は快作であり怪作であるところの、「学食のメニューに［私＝ナポリタン］を加えたいのです」に驚嘆するだろう。就活の経験がもとになっているのだろうが、社会への怒りと自己破壊衝動とが一体となった摩訶不思議なカニバリズムが展開される。「ほら、／血管ナポリタン！／私の身体、ナポリタンになるんですよ！／このナポリタン、誰かが食べればその人の糧になるじゃないですか／立派な社会貢献ですよね、カラダとタマシヒ捧げることができます」。現実のそらしさん、どうやら就活には失敗したらしいけれど、詩人のいさおしにその挫折を転化して、すなわち十分にリベンジしたといえるのではないか。

第3章は、これからのそらしといろの方向や可能性をも暗示する。「とりかごのはなし」では、全篇ひらがな表記で、ジェンダー横断的に身体と象徴とをひとつに出会わせる技法の冴えをみせているし、「脱獄のカナリア」は、現代詩の先端的な書法をとり入れつつ、自己をめぐる困難な状況そのものを言語化しようとする意欲作である。最後はそして、作者の産土の地名とおぼしい「風渡野」（ふっとの）を喚起しながら、詩集全体の舞台装置ともいうべき「学校」という主題がしずかに繰り返される。心憎いコーダというべきだろう。

＊

ともあれ、そらしといろはまだまだ発展途上だ。あまり小さくまとまらないでほしいと、ようやくあの教壇を降りることができた気分で、いま私は思う、特異な性をひらき、多様な声をひびかせつつ、いつの日にか、彼女の作品を通して、誰も語ることのなかったような美しくも残酷な劇が執り行われるであろうことを夢見つつ……

（そらしといろ『フラット』栞・思潮社）